Un copain de trop

L'orthographe rectifiée, qui fait désormais référence dans les programmes scolaires, est appliquée dans cet ouvrage.

MIXTE
Papier issu de sources responsables
FSC® C022030

Loi n° 49-956 du 16 juillet 1949 sur les publications destinées à la jeunesse, modifiée par la loi n° 2011-525 du 17 mai 2011.
ISBN : 978-2-09-258202-2

Gaël Aymon

Les grandes ANNÉES

Un copain de trop

Illustrations d'Élodie Durand

Nathan

Le matin, c'est mon père qui nous accompagne tous à l'école.

Le soir, ça n'est jamais la même personne qui vient nous chercher.

Lundi

Mardi

Mercredi

Mon papa chéri
Moi!
Oscar
C'est le fils de la gardienne de l'école.
Jeudi
la famille d'Oscar
Vendredi
ma maman

Chapitre 1

Toute seule !

– Je suis désolé, mais vous n'allez plus pouvoir choisir vos places !

La maman d'Edvin s'est excusée auprès de l'animateur qui venait de parler :

– Je comprends, bien sûr. On arrive les derniers...

C'était à cause d'elle qu'on était en retard, Edvin, Luce, Ysée, Oscar et moi. Mais comme c'était elle qui nous avait inscrits tous les cinq à cet atelier, on ne pouvait pas lui faire de reproches. Elle nous a confiés à l'animateur, qui nous a attaché au poignet un bracelet fluo avec un numéro.

Pendant trois semaines, au lieu d'aller chez Nastia le mercredi après-midi, on allait participer à la création d'une fresque géante, dans la cour du nouveau gymnase. Tous les enfants

de la ville pouvaient venir et il y en avait déjà beaucoup, rassemblés au milieu de la cour. L'animateur nous a emmenés jusqu'à une dame qui tenait un mégaphone et qui semblait être la cheffe de l'équipe.

– Cécilia, lui a-t-il annoncé, j'ai cinq retardataires qui n'ont pas été placés.

Cécilia a soupiré.

– Faites la queue pour prendre votre matériel, nous a-t-elle dit gentiment. On verra où on peut vous caser.

Pendant que les animateurs distribuaient des paquets de feuilles quadrillées et des crayons, Cécilia expliquait les règles dans son mégaphone :

– Nous allons réaliser une grande fresque sur le thème du vivre-ensemble. La maire et toute la ville viendront à l'inauguration, il faut qu'on fasse quelque chose de vraiment bien !

– La maire ! s'est exclamé Edvin, impressionné.

– Oh la la ! a soufflé Ysée. Je crois que j'ai le trac !

J'étais très excitée. J'avais toujours été la meilleure en dessin et j'étais pressée de commencer. J'avais déjà plein d'idées.

– Attention, a poursuivi Cécilia, on ne fait pas ce qu'on veut, chacun de vous va dessiner un monstre ou une créature imaginaire, qui doit se tenir debout et faire la même taille que vous. À la fin, les monstres se tiendront par la main pour montrer qu'on peut tous vivre ensemble malgré nos différences.

– Super, des monstres ! s'est réjoui Oscar.

Une fois qu'on a eu nos feuilles et nos crayons, Cécilia nous a fait signe de la suivre. Tous les enfants avaient rejoint les emplacements qui leur avaient été attribués le long des murs de la cour. Après avoir placé Oscar, Ysée et Luce ensemble, près d'un groupe de collégiens, l'animatrice a indiqué à Edvin un espace entre un garçon et une fille que je ne connaissais pas. Je me suis mise à stresser. Je ne voyais plus un centimètre libre pour moi !

Cécilia a balayé la cour du regard. Elle m'a souri avec embarras. Les autres enfants m'observaient. C'était affreux. Finalement, elle m'a prise par la main et m'a guidée jusqu'à un petit bâtiment, au milieu du mur du fond. C'était les toilettes !

– Eh ben voilà ! s'est-elle félicitée. Tu as le mur entre la porte des filles et celle des garçons.

J'ai fait semblant d'être contente. Décorer les toilettes, c'était vraiment la honte ! J'entendais des rires moqueurs autour de moi.

– Ne fais pas cette tête, m'a chuchoté Cécilia devant mon air déçu. Tu es la seule à avoir un espace aussi large pour toi toute seule. Ton dessin sera celui qu'on verra le mieux !

À l'autre bout de la cour, Oscar et les jumelles m'ont adressé un signe d'encouragement. Edvin discutait déjà avec son voisin. Il avait

l'air de s'amuser beaucoup. Pour moi, cet après-midi ne commençait pas aussi bien que je l'avais espéré. Je n'étais même plus sure de réussir à faire le plus beau dessin. On était si nombreux, et il y avait des grands !

Chapitre 2

Un copain de plus ?

Avant de commencer la fresque, on devait faire un brouillon de notre monstre, en plus petit, sur les feuilles quadrillées qu'on nous avait distribuées. C'était pour éviter de tout rater, au moment de peindre sur le mur. Mais je ne trouvais aucune idée. Ou plutôt, j'en avais plein qui me semblaient nulles !

Après avoir gribouillé mon dixième brouillon et chiffonné ma dernière feuille, j'ai décidé d'aller voir où en étaient mes amis. J'ai traversé la cour en jetant un œil inquiet vers les dessins des autres. Assis par terre, Oscar et les jumelles étaient penchés sur leurs œuvres.

– Tu as déjà terminé ? s'est inquiétée Ysée, qui n'aimait pas être la dernière.

– Presque, ai-je menti. Je fais une pause...

En regardant leurs brouillons, j'ai eu peur. Ysée terminait soigneusement une femme à tête de licorne, Luce gommait le haut du crâne de son ogre parce qu'elle voulait lui ajouter des cheveux en serpents, et Oscar avait presque fini un cyclope qu'un collégien à côté de lui admirait en sifflant.

– Je vais aller voir si Edvin a besoin d'aide, ai-je lancé en m'éloignant.

Mais Edvin n'avait pas du tout besoin de moi. Il était si occupé à bavarder avec son voisin qu'il n'avait encore rien dessiné.

– Hé, Ness ! m'a-t-il interpelée. Regarde un peu ce qu'Enzo a fait !

J'ai posé les yeux sur la feuille du garçon et mon cœur s'est mis à battre plus fort. C'était le dessin d'enfant le plus parfait que j'avais vu de toute ma vie ! Son monstre aurait pu être fait par un adulte, tellement il était réussi. Enzo m'a regardée avec fierté.

– Je suis toujours premier en dessin. J'ai même gagné un prix, dans mon ancienne ville !

– Enzo est nouveau dans ma classe, m'a expliqué Edvin. On ne s'était jamais parlé. C'est cool qu'on soit tombés côte à côte !

Edvin n'était pas dans la même classe qu'Oscar et moi, et je n'aimais pas trop qu'il ait une vie sans nous.

– Si tu continues à bavarder comme ça, tu n'auras jamais fini ton dessin ! ai-je répliqué sèchement.

Enzo m'a lancé un regard en biais.

– Et toi, tu l'as terminé, le tien ? m'a-t-il interrogée.

– Évidemment !

– Tu nous le montres, alors ?

Ma gorge s'est nouée.

– Surement pas ! me suis-je écriée. Je n'ai pas envie de me faire copier !

Et j'ai ajouté en haussant les épaules :

– Dans notre école, c'est MOI, la première en dessin.

Je suis retournée m'assoir devant mon bout de mur et je me suis rendu compte que mon monstre serait le seul à ne pas tenir les autres par la main.

Ça m'a encore plus vexée. J'avais eu tort de regarder les dessins de mes amis. Toutes les bonnes idées étaient déjà prises !

L'animateur qui nous avait accueillis est venu vers moi.

– Alors, tu t'en sors ?

– Je n'ai pas d'inspiration, lui ai-je avoué à mi-voix.

Il a défroissé mes brouillons pour les examiner.

– Mais ils ne sont pas mal du tout !

Il croyait me rassurer. Mais je ne voulais pas que mon dessin soit « pas mal du tout ». Je voulais qu'il soit le meilleur !

– Tu pourras continuer à chercher chez toi, a repris l'animateur. On ne le fera en grand sur le mur que la semaine prochaine...

À la fin de l'atelier, on a rejoint la mère d'Edvin devant l'entrée.

– C'était génial ! a déclaré Luce.

– J'ai hâte de commencer la fresque ! a approuvé Oscar.

– Enzo nous invite à gouter chez lui, a annoncé Edvin. On peut y aller, maman ?

Cet Enzo de malheur était encore collé à lui ! Il a désigné le bout de la rue en disant :

– J'habite juste à côté.

– On doit rentrer ! ai-je répliqué. Nos parents nous attendent.

– Peut-être une autre fois, Enzo ? a conclu la mère d'Edvin.

On a quitté Enzo qui partait seul dans l'autre direction. Edvin s'excitait à nouveau.

– Tu verrais, maman, il dessine encore mieux que Ness !

– Ça m'étonnerait ! a rigolé Ysée. Elle va encore faire le plus beau dessin de la fresque !

Chapitre 3

Un copain de trop !

Le lendemain, plus rien n'allait. À la récré et à la cantine, Edvin avait passé son temps avec Enzo. À quatre heures, les jumelles sont arrivées de leur école, juste en face de la nôtre, pour venir chez Oscar avec nous. Mais Edvin a déclaré :

– Enzo m'a invité à jouer à la console ! Nos mères sont d'accord. À demain !

On les a laissés partir ensemble, puis on est

montés en silence chez Oscar, au-dessus de la loge de sa mère, la gardienne de l'école.

On s'est réunis autour de la table du salon.

– Je ne l'aime pas, ce nouveau ! ai-je grogné.

– Je ne vois pas ce qu'Edvin lui trouve, a ajouté Ysée.

– Et il ne dessine pas si bien que ça… a complété Luce.

Je me sentais à la fois triste et fâchée. J'ai ricané.

– Quel prétentieux ! Et qu'est-ce qu'il est grand ! Il a dû redoubler au moins cinq classes ! Et il a une tête d'idiot avec ses dents écartées !

Personne n'a renchéri. Comme souvent, j'avais sans doute été un peu trop loin. Oscar a soupiré bruyamment.

– Il aurait pu nous inviter, nous aussi !

– C'est parce qu'il veut garder Edvin pour lui

tout seul ! l'ai-je averti. Ils ne sont même pas venus à notre table, à midi.

– Vous lui faites peut-être peur !

C'était le père d'Oscar qui venait de parler. Il était assis devant la télé et on ne faisait plus attention à lui.

– Comment ça, lui faire peur ? a demandé Oscar, aussi perplexe que les jumelles et moi.

– Parfois, les groupes donnent l'impression d'exclure les autres, a expliqué son père. Essayez de l'inviter d'abord !

– On pourrait lui proposer de venir chez ta mère, demain, après l'école ? m'a suggéré Ysée.

Je me suis renfrognée. Cette idée ne me plaisait pas, mais je sentais que j'allais devoir faire un effort.

Le jour suivant, Enzo se joignait à nous après la classe. On avait beau raconter des blagues, il avait l'air de s'ennuyer. Il n'aimait pas les tartines du gouter, ni ma chambre, qu'il trouvait minuscule.

– Au moins, vous êtes d'accord sur une chose ! a dit Edvin en rigolant. Ness aussi dit que c'est trop petit chez elle depuis que ses parents ont divorcé.

– Pas du tout ! ai-je rétorqué. Elle est parfaite, ma chambre !

– Tu verrais, chez Enzo ! s'est émerveillé Edvin. Ton appartement tout entier tiendrait dans son salon ! Il a une salle de bains à lui, avec une baignoire ronde qui fait des bulles !

– Un Jacuzzi ! a corrigé Ysée, les lèvres pincées.

– Bon, on devrait faire nos devoirs, a fait remarquer Oscar en ouvrant son cartable.

– Moi, je ne les fais jamais ! a fanfaronné Enzo. Ma mère dit que les maitresses n'ont pas le droit de nous donner du travail à la maison.

On s'est regardés, sidérés par cette révélation. Un silence gêné a suivi. Puis Luce a proposé de jouer à « la maitresse cruelle », un de nos jeux favoris, où les élèves font tout le contraire de ce que demande leur méchante maitresse.

– Pffff, moi, je joue plus à ça ! a pouffé Enzo.

– Moi non plus ! l'a immédiatement imité Edvin, pour se faire bien voir.

Enzo lui a fait un clin d'œil, avant de me défier :

– Et si tu nous montrais ton dessin pour la fresque, Ness ? Qu'on voie ce que prépare « la meilleure de l'école en dessin »...

Il faisait exprès de m'énerver.

– Je sais très bien ce que je vais faire, pas besoin de brouillon ! ai-je répliqué. Moi, je suis comme... Jean-Claude Génialeux.

– Jean-Claude qui ? a demandé Enzo avec une grimace.

– Tu ne connais pas ? Ses peintures sont dans tous les musées, et même en aimants sur les

frigos ! Il ne faisait pas de brouillon. Il gardait ses idées dans la tête et il peignait directement à la bombe sur les murs de Versailles !

Ysée a levé les yeux au ciel en m'entendant, et Oscar a rougi comme une tomate. Je me suis demandé si j'avais été très convaincante.

– Eh ! a soufflé Edvin à Enzo. On pourra essayer ton vélo ce weekend, quand on aura fini le jeu vidéo ?

J'ai échangé un regard avec les autres. C'était comme si on n'existait plus pour Edvin. Enzo était en train de nous voler notre ami !

Chapitre 4

Un copain de moins

Les deux jours suivants ont confirmé ce qu'on redoutait. Dès qu'on arrivait à l'école, Edvin nous laissait tomber pour rejoindre son nouveau copain. Le soir, il filait avec Enzo sans nous attendre, à trottinette, à rollers ou à vélo.

Enzo prenait de plus en plus de place dans nos conversations. On ne pensait qu'à lui. C'est dans le jardin de la maison des jumelles qu'on a parlé pour la première fois de se venger.

– On ne peut pas se laisser faire ! a dit Ysée sur sa balançoire. Il faut montrer à Enzo qu'on n'est pas des nuls.

– Si Edvin ne veut plus nous parler, c'est plutôt sa faute à lui ! a répondu Oscar. On devrait faire comme s'il n'existait plus.

– Non ! a protesté Luce. Moi aussi, je trouve

qu'Enzo mérite une leçon. Il se moque de nous dès qu'on le croise...

– Il se moque de moi, tu veux dire ! ai-je corrigé, pendue au trapèze. Il me déteste depuis le début alors que je ne lui ai rien fait.

J'ai suggéré qu'on cache la trottinette d'Enzo, qu'il rangeait tous les jours dans l'abri à vélos de l'école, mais mes copains trouvaient ça malhonnête. Je dois reconnaitre qu'ils avaient raison. Luce pensait qu'on devrait organiser une immense fête pour montrer à Edvin qu'on était plus intéressants que son nouveau copain et regagner son amitié. Oscar persistait à dire qu'Edvin ne méritait plus qu'on s'occupe de lui. Quant à Ysée, elle proposait qu'on aille dire à Enzo qu'il était méchant, moche, jaloux, et qu'il se retrouverait tout seul un jour, s'il volait les amis des autres.

On n'arrivait pas à se mettre d'accord sur la manière de réagir. Même entre nous, ça n'allait plus vraiment depuis l'arrivée de ce maudit nouveau. Il était en train de casser notre groupe !

Le soir, en prenant le gros roman sans images qu'on lisait ensemble avant que je m'endorme, mon père m'a demandé :

– Qu'est-ce qui se passe avec Edvin, en ce moment ?

– Rien... On ne se parle plus.

– Vous vous êtes disputés ?

– Non. C'est le nouveau, Enzo, qui nous l'a volé. Il nous déteste !

Mon père a fait une petite moue.

– Il vous l'a volé ? C'est à cause de ça que tu étais tristounette ces derniers jours ?

– Pas du tout ! me suis-je défendue. Je m'en fiche complètement ! On est bien mieux sans lui.

– Alors qu'est-ce qui ne va pas ? a insisté mon père.

J'ai soupiré :

– C'est la fresque. Tous les autres ont un super dessin. Moi, je n'ai aucune idée. Les monstres, ça ne m'inspire pas. Je préfère les choses qui existent. Les décors ou les gens que je peux observer, ça, je sais faire !

– Alors pourquoi tu ne t'inspires pas de personnes réelles que tu transformerais en monstres ? a suggéré mon père.

– Des personnes réelles… ai-je murmuré, sentant que je tenais peut-être la solution.

– Oui, comme des acteurs ou des célébrités ! Tu veux qu'on cherche des photos ensemble ?

– Non, non ! l'ai-je arrêté.

Je l'ai embrassé sur la joue.

– Je suis trop fatiguée pour lire ce soir. Bonne nuit, papa. Et merci !

Mon cerveau allait à cent à l'heure. Je devais réfléchir seule. J'avais retrouvé l'inspiration en même temps qu'une bonne façon de nous venger d'Enzo !

Chapitre 5

La bagarre

La cour du gymnase était remplie d'une foule d'enfants et d'animateurs en blouse blanche. Ça donnait l'impression d'être dans un hôpital.

– Attention, criait Cécilia dans son mégaphone, une fois que vous aurez fait votre tracé à la bombe, vous ne pourrez plus recommencer !

Chacun a rejoint sa place, son brouillon dans une main, une bombe de peinture dans l'autre.

Pour nous aider à reproduire nos dessins, les animateurs avaient quadrillé le mur à la craie. Tout le monde était pressé de s'y mettre. Moi, je m'inquiétais de la réussite de mon plan.

Oscar s'est mis à peindre, conseillé par les collégiens à côté de lui. Ysée s'appliquait à aligner de tout petits traits bien nets, les uns après les

autres, tandis que Luce improvisait un dessin complètement différent de son brouillon. De ma place, je pouvais facilement observer Enzo. Il était si concentré sur son travail qu'il ne risquait pas de me remarquer. J'ai fait plusieurs essais sur ma feuille en riant toute seule.

Cécilia est venue me proposer de l'aide pour me lancer.

– Ça ira, merci ! ai-je répondu. J'ai déjà fait ça en arts plastiques, à l'école.

J'ai pris plusieurs bombes de peinture et, après avoir vérifié que personne ne regardait dans ma direction, j'ai commencé à peindre. Le temps a passé très vite. Une odeur de peinture emplissait la cour. J'étais tellement absorbée que je n'ai pas entendu Edvin et Enzo s'approcher de moi.

– Je n'ai pas encore fini ! me suis-je écriée en me plaçant devant mon dessin pour le cacher.

– On veut juste voir à quoi ressemble... le monstre des toilettes ! a rigolé Enzo.

– Ah oui ? ai-je dit en souriant. Tu veux vraiment le savoir ?

Je me suis écartée pour leur dévoiler mon œuvre. Après un court instant, ils sont tous les deux devenus pâles comme des fantômes.

Le corps du monstre était inachevé, mais j'avais déjà colorié la tête. Avec ses dents de devant écartées et sa coiffure de hérisson, on reconnaissait parfaitement Enzo, que j'avais caricaturé pour le rendre à la fois terrifiant et ridicule. Il est resté bouche bée, puis ses yeux ont lancé des éclairs et il a bondi sur moi. On a commencé à se bagarrer comme des catcheurs.

Les enfants les plus proches se sont précipités pour nous encercler. Edvin a essayé de nous arrêter, mais Enzo était fou de rage et moi aussi.

– Voleur d'ami ! me suis-je mise à crier en tirant Edvin par un bras.

– Il n'est pas à toi ! hurlait Enzo en tirant sur l'autre.

Edvin était écartelé entre nous comme un pantin. Enzo a ramassé une bombe de peinture et a aspergé ma blouse de vert fluo. Autour de nous, les enfants poussaient des cris hystériques pour encourager la bagarre. Deux adultes sont venus nous séparer.

– Il m'a sauté dessus ! ai-je hoqueté en pleurant. Je n'ai rien fait, moi !

J'étais tellement certaine d'être la victime que j'ai été surprise que personne ne vienne me consoler. Cécilia calmait Enzo, lui aussi en

larmes. Edvin regardait par terre, catastrophé. Les animateurs, Oscar, les jumelles et tous les autres avaient les yeux rivés sur mon dessin. Il était vraiment ressemblant ! Comme j'avais écrit « Enzominable » juste au-dessus, il était impossible de ne pas reconnaitre mon modèle. Et j'ai compris d'un coup qu'il faisait de moi la coupable idéale, dans cette bagarre !

– Appelle les parents de ces deux enfants, s'il te plait ! a demandé Cécilia à l'un de ses collègues. Ce qui vient de se passer est inadmissible !

Chapitre 6

La vérité sur Enzo

Le soir même, quand on a sonné chez Enzo, on ne faisait pas les fiers. Ma mère nous avait accompagnés, très fâchée contre moi. Heureusement qu'Oscar et les jumelles avaient demandé à venir. Ils disaient que ce qui était arrivé était aussi un peu leur faute. C'était gentil, mais, en réalité, je savais bien qu'aucun d'eux n'aurait agi comme je l'avais fait. La porte s'est ouverte sur la maman d'Enzo.

– Je suis venue m'excuser, ai-je marmonné avec honte.

– Je crois que tu n'es pas la seule à devoir le faire ! a-t-elle répondu. Entrez, Enzo est dans sa chambre.

Enzo était avec Edvin. On s'est regardés tous les six sans savoir comment s'y prendre.

– Je... te demande pardon... ai-je bredouillé.

– Vu comme je t'embêtais, je crois que c'est normal que tu te sois vengée, a répondu Enzo, les yeux baissés.

– C'est ma faute ! a déclaré Edvin. Je ne savais pas comment rester ami avec tout le monde et... je me suis mal comporté !

Comme on commençait à se détendre un peu, j'ai parcouru la chambre du regard. C'est vrai qu'elle était immense. Mais elle me semblait aussi très vide.

– Le problème sera bientôt réglé, a annoncé tristement Enzo.

On a tous froncé les sourcils sans comprendre, sauf Edvin, qui avait l'air au courant.

– Enzo déménage tout le temps à cause du travail de son père, a-t-il expliqué. Il va repartir dans quelques semaines. Il vient de me le dire.

– Quand je le dis dès le début, a ajouté Enzo, personne n'essaie d'être mon ami, vu que je ne fais que passer. J'étais jaloux parce que vous aviez une super bande. Et puis Ness disait qu'elle était la meilleure en dessin, alors que c'est mon point fort pour me faire des amis.

Je me taisais. En l'écoutant, je m'apercevais qu'on n'avait jamais eu l'idée de s'intéresser à Enzo, ni à sa vie. La seule chose qui nous avait paru importante, c'était que personne ne vienne changer les habitudes de notre petit groupe.

– Moi aussi, j'étais jalouse, ai-je admis. Tu dessines vraiment trop bien ! Je te promets que je vais effacer mon dessin.

– Oh non, ça serait trop bête ! s'est exclamé Enzo. Il est cool, ton monstre. Bon, c'est vrai que ça me ferait plaisir que tu changes quelques trucs. Il reste encore un mercredi avant l'inauguration. Si tu veux, je pourrai t'aider. J'ai fini le mien, alors...

– Tu ferais ça ?

– Ben ouais, a fait Enzo en souriant étrangement. Je crois même que j'ai une super idée !

Chapitre 7

La grande fresque

– Dépêche-toi, Ness ! La maire est arrivée !

Oscar était encore plus nerveux que moi. Perchée sur un tabouret, je terminais à toute vitesse l'inscription au-dessus de notre peinture, pendant qu'Enzo ajoutait sa signature à la mienne, en bas du mur. Comme on avait manqué de temps, on avait obtenu l'autorisation exceptionnelle de finir notre œuvre le jour de l'inauguration.

On avait passé la matinée, Enzo et moi, à peindre les derniers détails, cachés derrière la grande bâche qui dissimulait la fresque tout entière. On a ramassé les bombes qui trainaient par terre, retiré nos blouses et on s'est glissés de l'autre côté en rampant.

Une foule d'enfants et d'adultes de toute la ville emplissait la cour du gymnase. La maire serrait les mains des animateurs. On a rejoint les jumelles dans l'espace réservé aux artistes de la fresque. Enzo m'a tapé dans la main.

– On a réussi ! a-t-il soufflé pendant que la maire s'avançait avec une paire de ciseaux.

La maire a coupé un ruban pour dévoiler la fresque.

En réalité, des animateurs placés derrière la bâche devaient la détacher des poteaux auxquels elle était accrochée. Mais, devant les photographes, ça faisait plus joli qu'on coupe un ruban.

Le tissu est tombé d'un coup, comme un rideau de théâtre. Il y a eu des grands « Oh ! » et des applaudissements. La fresque était splendide. Les monstres étaient si différents les uns des autres qu'il était impossible de les comparer. Mais sur le mur des toilettes, en plein milieu, notre œuvre se détachait nettement. On avait été obligés de monter sur des escabeaux pour la finir. Elle était plus haute et plus large que toutes les autres. Le monstre Enzominable que j'avais fait y était toujours. Mais on lui avait ajouté cinq copains : nos propres caricatures avec des corps horribles. Monstroscar, Affreudvin, Terrorysée, Lucifère et DarkNess se tenaient autour de lui, main dans la main, sous l'inscription « Tous pareils, tous différents ! » que nous avait suggérée Cécilia.

Puisque nos monstres avaient l'air réunis pour une photo de groupe, c'est naturellement devant le mur des toilettes que les photographes ont choisi de nous faire poser avec la maire et les animateurs. On était super fiers !

La maire a fait un long discours qu'on n'écoutait pas du tout, et puis elle est partie. Tous les parents voulaient prendre leurs enfants en photo devant leur peinture. Mais notre groupe de monstres attirait tous les regards. Edvin a souri à Enzo.

– Même quand tu seras parti, tu resteras toujours un peu ici ! lui a-t-il dit.

– Sur le mur des toilettes, trop cool ! s'est marré Enzo.

– Mais tu garderas une belle bande d'affreux amis ! ai-je ajouté en riant.

Et je lui ai tendu une feuille.

– Tiens, c'est pour toi.

Enzo a regardé mon dessin. C'était un vrai portrait de lui que je m'étais appliquée à faire tous les soirs à la maison. Il a eu l'air très ému et je me suis sentie un peu bête.

– Tu dessines trop bien, merci ! m’a-t-il dit.

– On va dire qu’on est tous les deux les meilleurs en dessin ! ai-je décidé. Par contre…

– Quoi ? s’est inquiété Enzo.

J’ai rigolé.

– Je suis sure que je te bats sur ta console !

– Ah ouais ? a-t-il répondu en s’avançant vers moi, les sourcils froncés.

Edvin et les autres ont cru qu’on allait se battre à nouveau. Mais Enzo s’est tourné vers eux.

– Eh bien, je vous défie tous, et je vous invite à la maison pour la plus grande bagarre sur écran de toute votre vie !

Et c’est comme ça qu’on s’est fait un copain de plus, parce qu’on n’a jamais de copain de trop pour vivre ses grandes années !

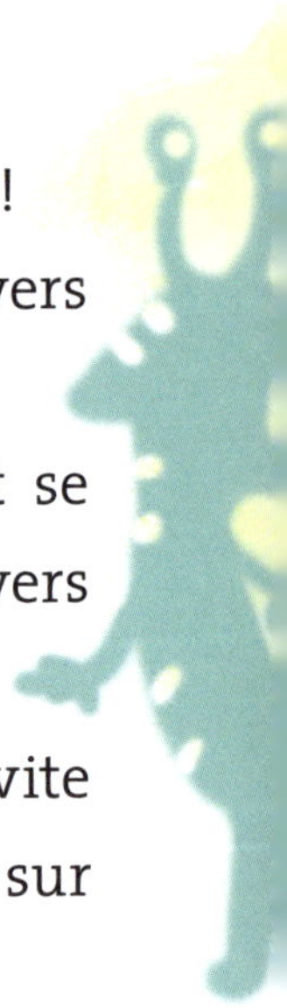

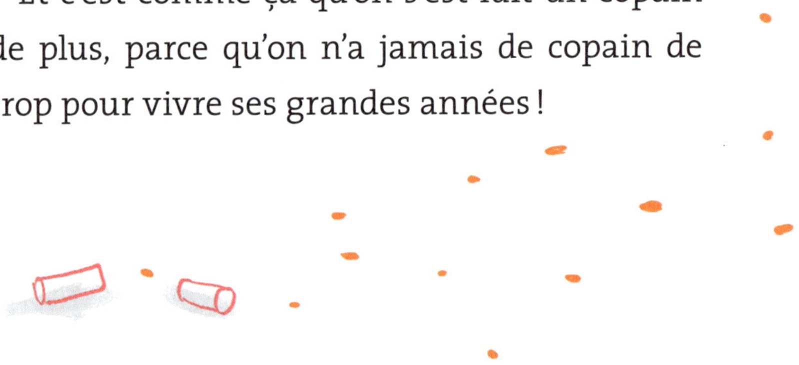

Table des matières

CHAPITRE 1

Toute seule ! 7

CHAPITRE 2

Un copain de plus ? 15

CHAPITRE 3

Un copain de trop ! 23

CHAPITRE 4

Un copain de moins 31

CHAPITRE 5

La bagarre 37

CHAPITRE 6

La vérité sur Enzo 45

CHAPITRE 7

La grande fresque 49

Gaël Aymon, l'auteur

Avant d'être auteur jeunesse, Gaël Aymon a travaillé dans le cinéma et a enseigné le théâtre aux enfants et aux adolescents. Connaisseur des contes, il écrit des albums et des romans pour un public à partir de 5 ans jusqu'aux jeunes adultes. Ses livres ont obtenu de nombreuses récompenses.
On lui demande souvent s'il a vécu la même chose que ses personnages. Si c'était le cas, il aurait vraiment eu une vie incroyable ! En fait, il a une vie plutôt normale et préfère inventer ce qu'il raconte.

Retrouve-le sur gaelaymon.com !

Élodie Durand, l'illustratrice

Élodie Durand est diplômée de l'École des arts décoratifs de Strasbourg. Depuis 2003, elle travaille pour l'édition, la presse adulte et jeunesse. Elle a toujours dessiné ses émotions, ses joies et ses peines. Enfant, lorsqu'elle avait quelque chose à communiquer, elle faisait un dessin. Si elle était fâchée avec ses copines, elle les griffonnait et les faisait super moches pour laisser filer sa colère. Ses « grandes années » ont débuté à l'école maternelle avec le « Prix de l'entente joyeuse ».

Tu as aimé ce roman ?
Retrouve d'autres romans de la série !

Les grandes ANNÉES

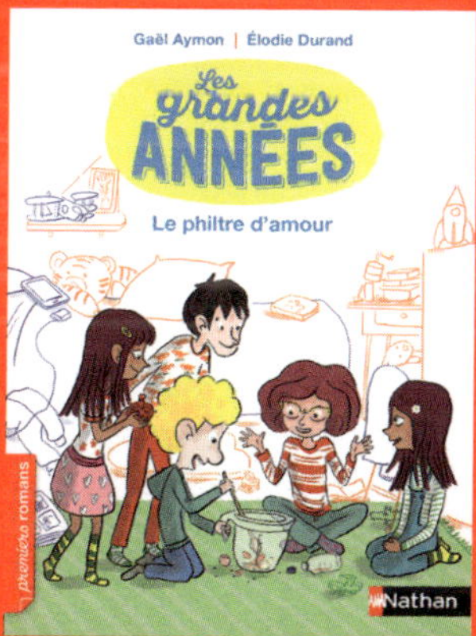

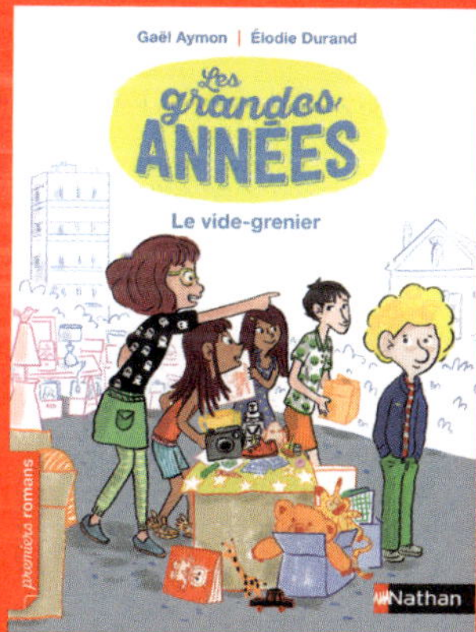

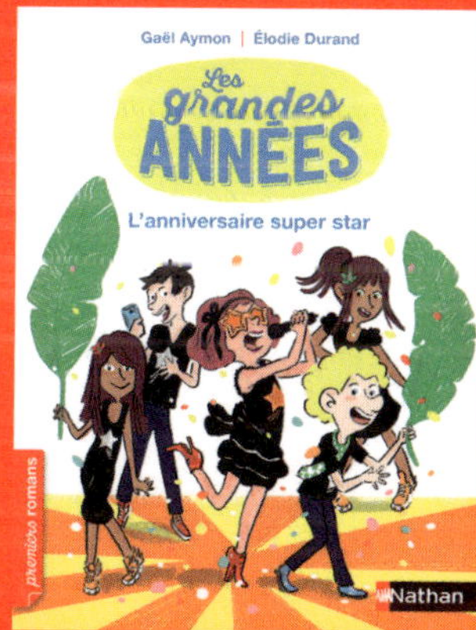

N° éditeur : 10240660 – Dépôt légal : septembre 2018
Achevé d'imprimer en juillet 2018 par Pollina (85400, Luçon, Vendée, France) - 85696